こたえ C

キャベたまたんていシリーズ

キャベたまたんてい
からくりにんじゃやしきのなぞ

三田村信行・作　宮本えつよし・絵

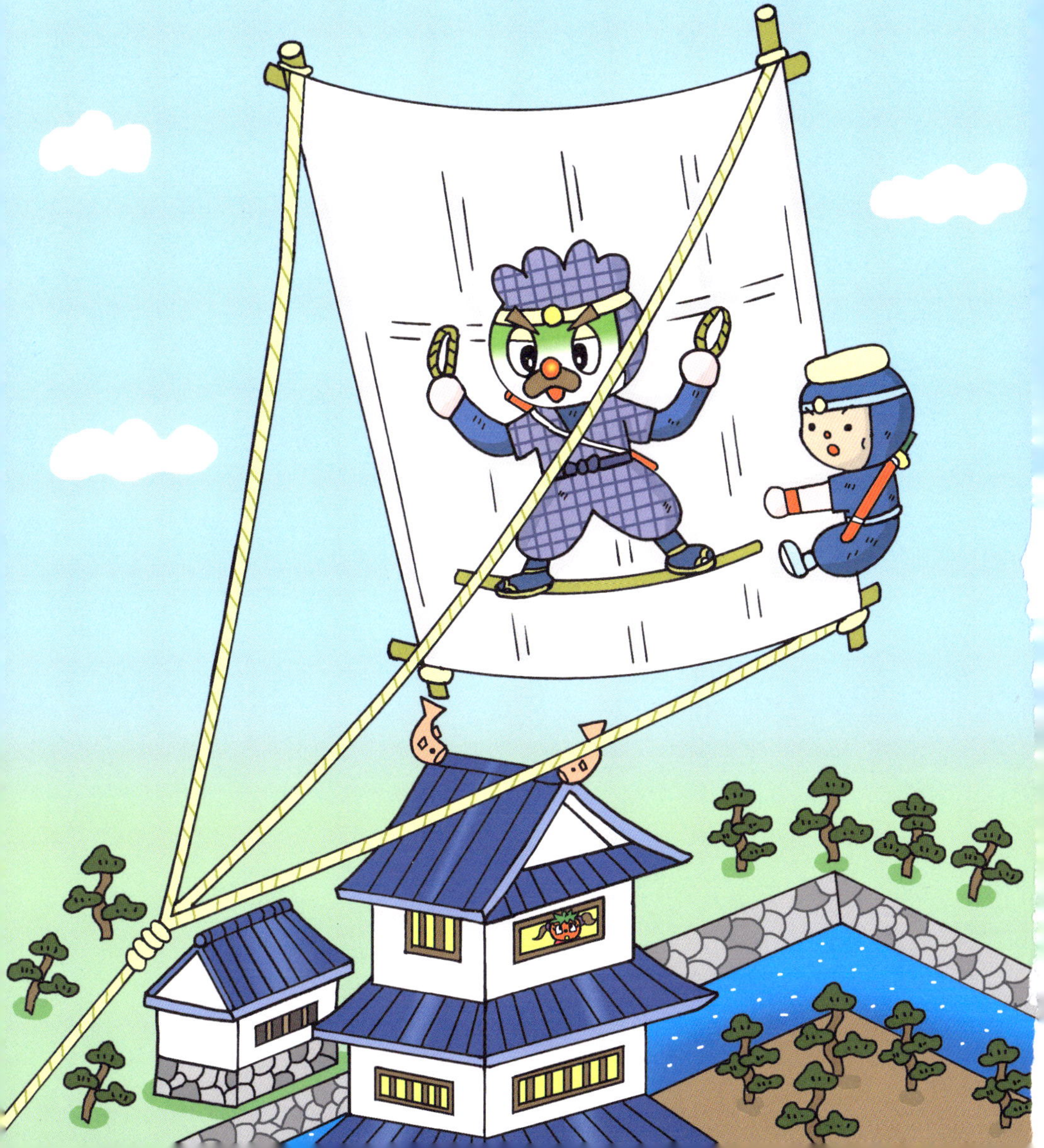

「よわったなあ」
「どうしよう」
「せっかく　来《き》たのにぃー」
「もう、いや！」
キャベたまたんていと
ダイコンけいぶが、顔《かお》を　見合《みあ》わせ、
じゃがバタくんと　トマトちゃんは、
なきそうに　なった。

そこは、〈クモガクレからくりにんじゃやしき〉の前《まえ》だった。

からくりにんじゃやしき
からくり
にんじゃやしき

〈クモガクレからくりにんじゃやしき〉は、
今《いま》　大《だい》ひょうばんの　人気《にんき》スポットだ。
いろんな　しかけを　くぐりぬけて、
ゴールまで　たどりつけると、百万円《ひゃくまんえん》の
金《きん》の　ガマガエルが　もらえるのだ。
ただし、せいげん時間《じかん》は　一時間《じかん》。
五人《にん》ひとくみで、ひとりでも　しっぱいすると、
そこから　先《さき》へは　すすめない。入場《にゅうじょう》は

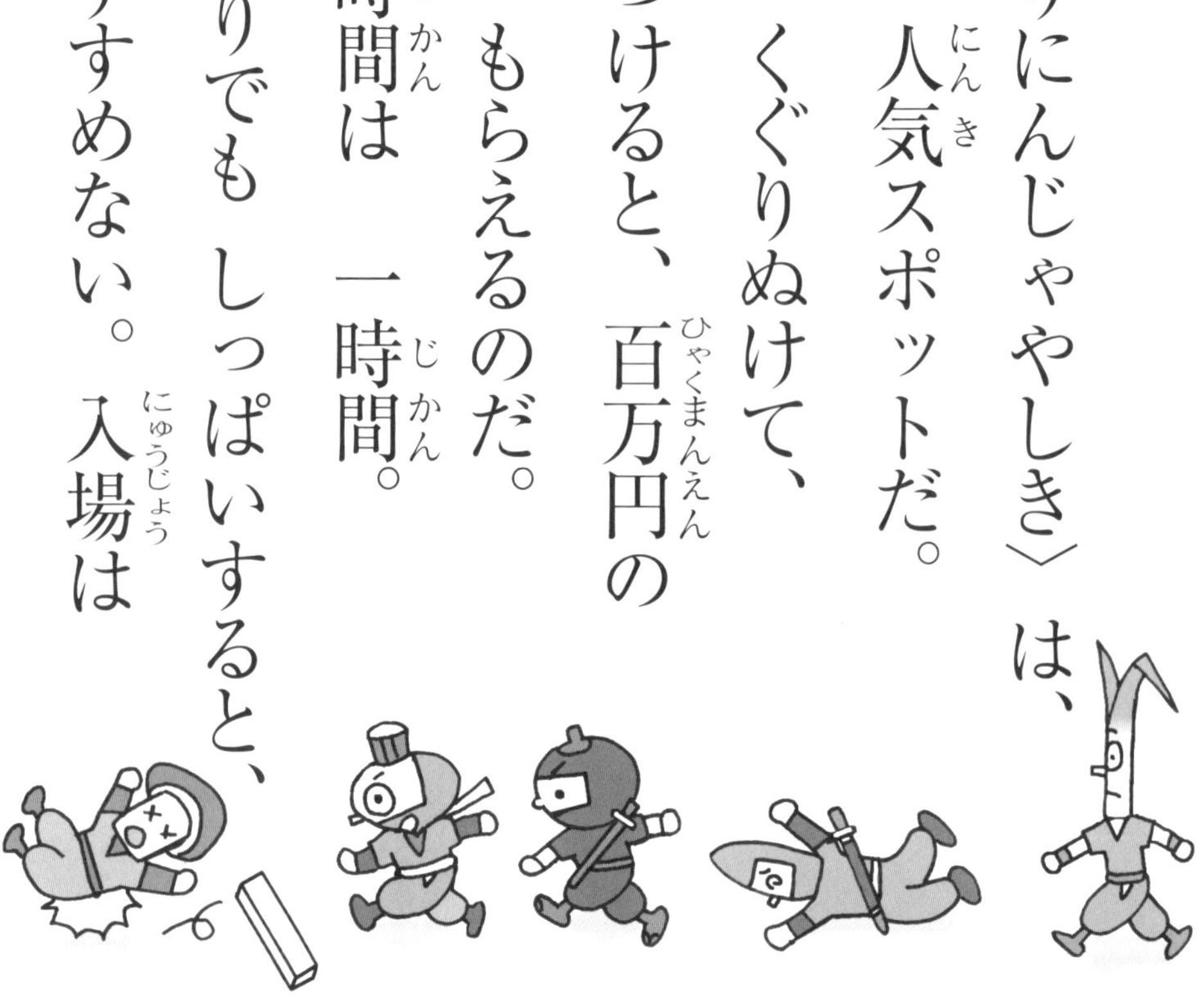

むりょうだけど、しっぱいすると、高《たか》い
〈しっぱいりょう〉を　とられる。けれど、
金《きん》の　ガマガエルに　つられて、みんな、
われも　われもと　ちょうせんした。

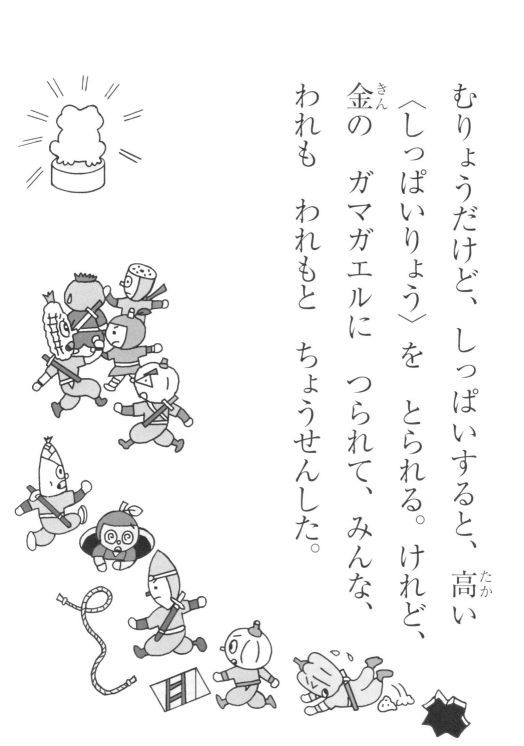

からくりにんじゃやしき

入場者《にゅうじょうしゃ》は　一時間《じかん》ごとに　入《い》れかえるから、
一日《にち》に　八くみしか　入場《にゅうじょう》できない。
だから、もうしこんでも、半年《はんとし》ぐらい
たたないと、じゅんばんが　回《まわ》ってこない。
キャベたまたんていたちも、
カボチャはかせを　くわえて　五人《にん》で
もうしこんでから　半年《はんとし》たって、やっと
じゅんばんが　回《まわ》ってきたのだ。

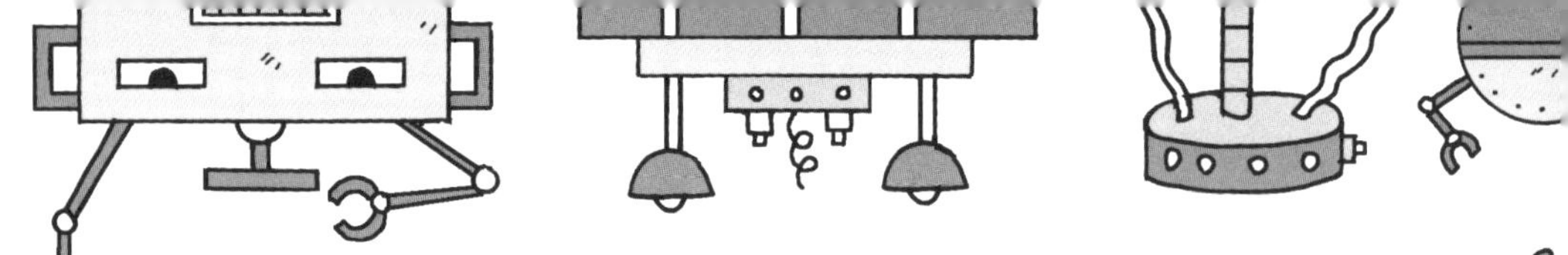

それなのに、さっき、カボチャはかせから、
けんきゅうじょの かいだんから
すべりおちて、こしを うって 動《うご》けないから、
行《い》かれないという れんらくが あったのだ。
四人《にん》では 入《い》れてもらえない。
じゃがバタくんと トマトちゃんが、
なきそうに なったのも むりは ない。
キャベたまたんていと ダイコンけいぶも、

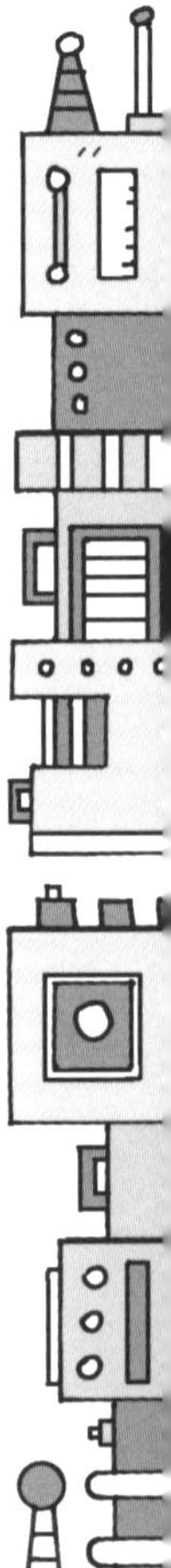

こまった。じつは、ふたりには、ある
もくてきが　あった。
金《きん》の　ガマガエルは、まだ　一ども
とられていない。社長《しゃちょう》の
クモガクレサイゾウ氏《し》は、たくさんの
人《ひと》から　高《たか》い　しっぱいりょうを
とって、大《おお》もうけしている。なぜ、
金《きん》の　ガマガエルが　とられないのか。

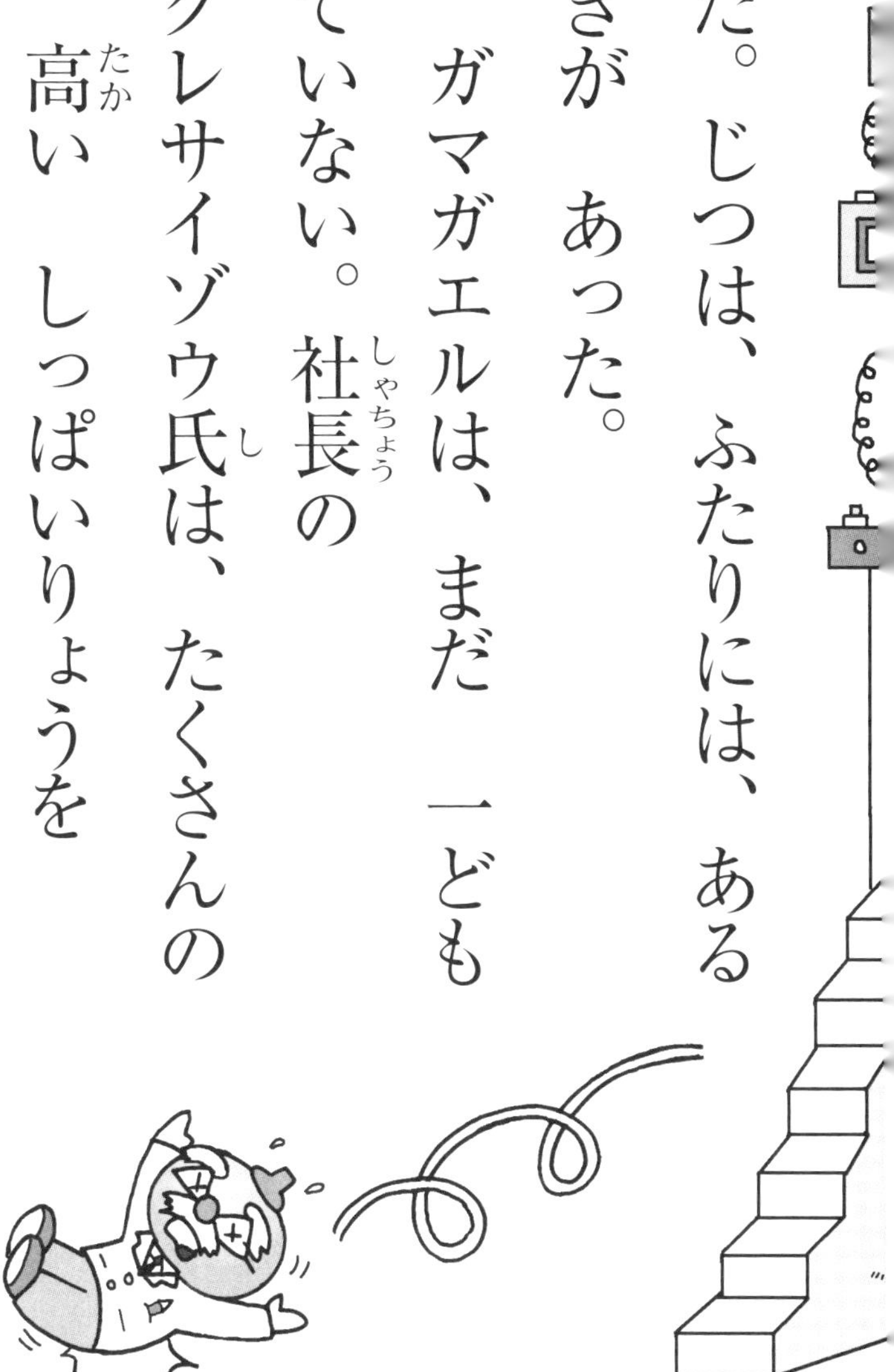

ふたりは、その　ひみつを　さぐろうと
しているのだ。
さて、四人《にん》が　とほうに　くれていると、
「せっしゃが、なかまに　なるでござる」
だれかが　声《こえ》を　かけた。見《み》ると、
にんじゃの　かっこうを　した　わかい
男《おとこ》の　人《ひと》が、そばに　立《た》っていた。
「せっしゃは、サルトビゴスケと　もうす。

じつは、せっしゃも
入場《にゅうじょう》しようと
したところ、
ひとりでは　だめだと
ことわられたのでござる」
四人《にん》は　大《おお》よろこび。
さっそく、男《おとこ》の　人《ひと》と
いっしょに　入場《にゅうじょう》した。

入場《にゅうじょう》すると、みんな、にんじゃふくに
きがえなければ　ならない。男《おとこ》の　人《ひと》は、
はじめから　にんじゃふくなので、
きがえなくても　いい。
「よういが　いいね」
キャベたまたんていが　いうと、
「しごとを　するときは、いつも
この　ふくでござるよ」

サルトビゴスケは、わらって答《こた》えた。
ことばつきまで、すっかり　にんじゃに
なりきっているようだ。

にんじゃやしきは、外《そと》から　見《み》ると
りっぱな　わらぶきやねの
いっけん家《や》だった。中《なか》は　ものすごく
広《ひろ》くて、いくつもの　へやや　ろうかが
あり、いろんな　しかけが
してあるのだと　いう。
みんなは、げんかんから　中《なか》に
入《はい》った。

「わあ、すごい！」
トマトちゃんが　さけんだ。
そこは、六じょうぐらいの
いろりの　ある　へやだったが、

その　むこうは、
たたみが　百《ひゃく》まいぐらいは
ありそうな　大広間《おおひろま》だったのだ。

「それ、行《い》け！」
じゃがバタくんが、
いきおいよく　大広間《おおひろま》に
かけよったが、　とたんに、
「いたたたたた！」
頭《あたま》を　ぶつけて、
ひっくりかえった。　なんと、　大広間《おおひろま》は、
かべに　かいた　絵《え》だったのだ。

「ははは。これが さいしょの からくりだな」
ゴスケが わらって、いろりに かかった
てつびんを ひょいと もち上《あ》げた。

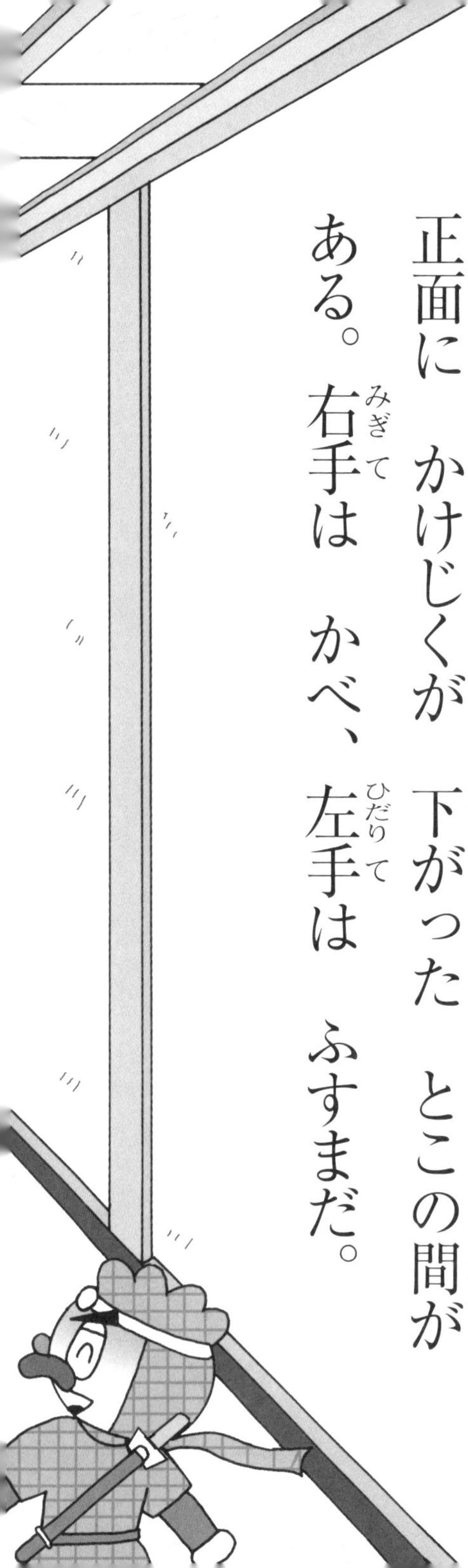

その　とたん、大広間《おおひろま》が　かいてある
かべが　するすると　左右《さゆう》に　ひらいて、
つぎの　へやが　あらわれた。
その　へやも　たたみが　しいてあって、
正面《しょうめん》に　かけじくが　下《さ》がった　とこの間《ま》が
ある。右手《みぎて》は　かべ、左手《ひだりて》は　ふすまだ。

「なんだ、これは」
ふすまを　あけた　ダイコンけいぶが、
したうちした。ふすまは、ただ　かべに
とりつけてあるだけだったのだ。

「これじゃあ、先《さき》に　すすめないぞ」
「なに、だいじょうぶでござるよ」
ゴスケが、とこの間《ま》に
歩《あゆ》みよって、かけじくを　はらりと
もち上《あ》げると、その　後《うし》ろの
かべに、人《ひと》ひとり
通《とお》れるくらいの　あなが、
ぽっかりと　あいていた。

サルトビゴスケは、にんじゃやしきのからくりを　よく　知《し》っているようだ。

あなの　むこうは　せまい　つうろになっていて、しばらく　行《い》くと、広《ひろ》いろうかに　出《で》た。ろうかは、正面《しょうめん》、左右《さゆう》、ななめ右《みぎ》、ななめ左《ひだり》と、五つの　方向《ほうこう》にのびていた。どれも、少《すこ》し　先《さき》の方《ほう》でかべに　つきあたる。

「これも、にんじゃやしきの　からくりの
ひとつ。正《ただ》しいのは　ひとつだけ。
まちがった　ろうかを　行《い》くと、
おとしあなに　おちるでござる」
そういうと、ゴスケは、人《ひと》さしゆびで、
五つの　ろうかの　ゆかを　ひとつずつ
こすって、見《み》くらべはじめた。
「よし、こっちだ」

ゴスケは、ななめ右《みぎ》の
ろうかを　ゆびさした。
「どうして　わかるの？」
トマトちゃんが　聞《き》いた。
「かんたんでござるよ。この　ろうかが
一番《いちばん》　ほこりが　少《すく》なかった。つまり、
人《ひと》が　たくさん　通《とお》っている　しょうこ。
だから、ここを　行《い》けば　だいじょうぶ」

ゴスケを　先頭《せんとう》に、五人《にん》は、ななめ右《みぎ》の
ろうかを　すすんでいった。やがて、
行《い》き止《ど》まりに　なった。ゴスケが　かべを
どんと　たたいた。すると、かべが
くるりと　回転《かいてん》して、つぎの　へやの
入《い》り口《ぐち》が　あらわれた。
みんな、ほっとして、前《まえ》を　見《み》た。そして、
おどろいた。目《め》の前《まえ》に、さいしょに　見《み》た

かべに　かかれた　大広間《おおひろま》が、
じっさいに　広《ひろ》がって
いたのだ。

おどろいたのは、それだけでは　なかった。
百《ひゃく》まいの　たたみが、とつぜん、
ばたばたばたっと　へりから　つぎつぎに
もち上《あ》がっていき、いたのように
まっすぐ　立《た》った。
立《た》った　たたみの上《うえ》に　また　たたみが
のっかって　高《たか》い　かべと　なり、その
かべが　れつを　つくって

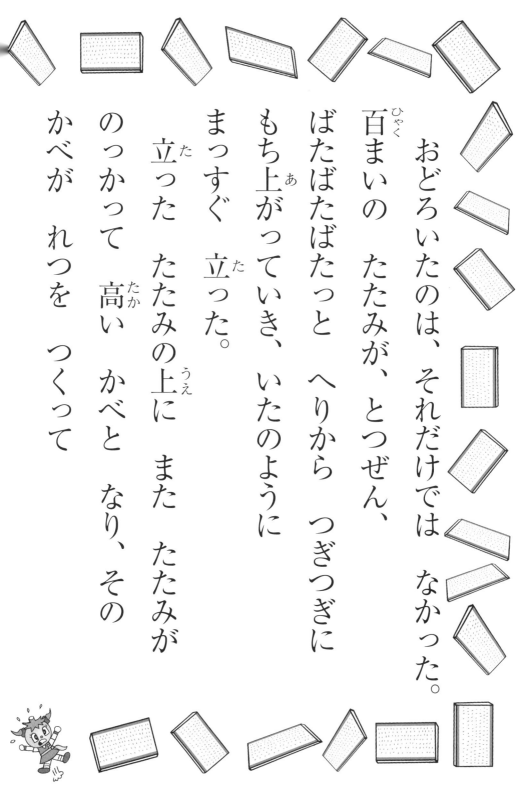

ずらずらっと　ならんで　つうろと
なった。そして、その　つうろが
まっすぐ　すすんだり、右《みぎ》に　おれたり、
左《ひだり》に　まがったり、行《い》き止《ど》まりに
なったりしながら　へやじゅうに
広《ひろ》がって、たちまち　ふくざつな
めいろに　なった。

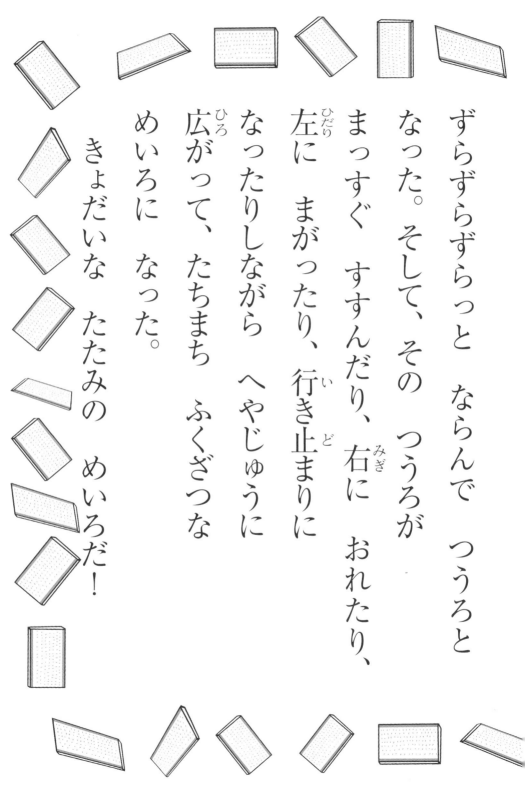

きょだいな　たたみの　めいろだ！

「こんな　めいろ、
見《み》たこと　ないよ！」
「ここで　まよってたら、
一時《じ》間《かん》ぐらい
すぐ　たっちゃうわ！」
「みんな、ここで
しっぱいするに
ちがいない」

「うむ。あと
四十分《ぷん》ぐらいしか　ないな」
じゃがバタくんと
トマトちゃんが　さけび、
ダイコンけいぶが
頭《あたま》を　かかえ、
キャベたまたんていが
うで時計《どけい》を　見《み》た。

「せっしゃに　おまかせを」
ゴスケが、ひょいと
たたみの　へりに　とびのった。
「ふむ。ああ　行《い》って、
こう　行《い》ってと……　よし」
めいろを　ぐるりと　見回《みまわ》すと、
ゴスケは　大《おお》きく　うなずいた。そして、
キャベたまたんていたちを　ふりかえると、

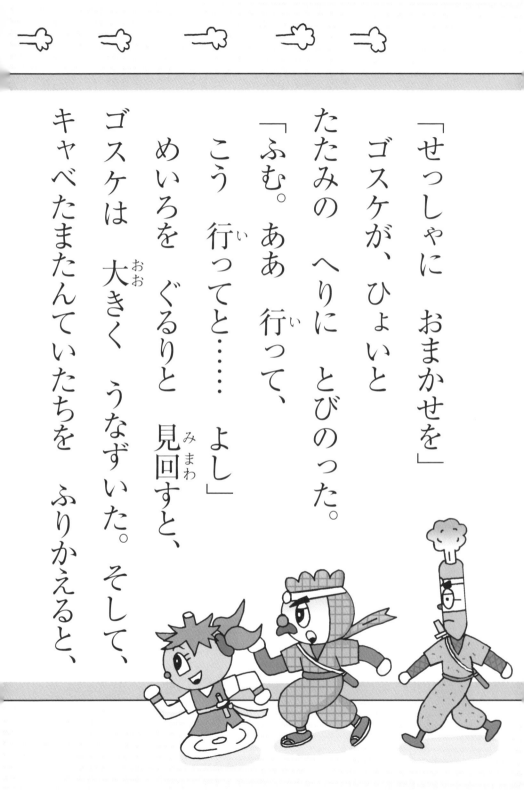

「さあ、せっしゃに ついてくるでござる」
いうなり、つなわたりのように、たたみの
へりを すたすた 歩《ある》きだした。
「右《みぎ》に まがって。こんどは 左《ひだり》。そこは
まっすぐ。ああ、そっちへ 行《い》っては
だめ。行《い》き止《ど》まりでござる」
キャベたまたんていたちは、ゴスケに
教《おし》えられるとおりに 歩《ある》いていった。

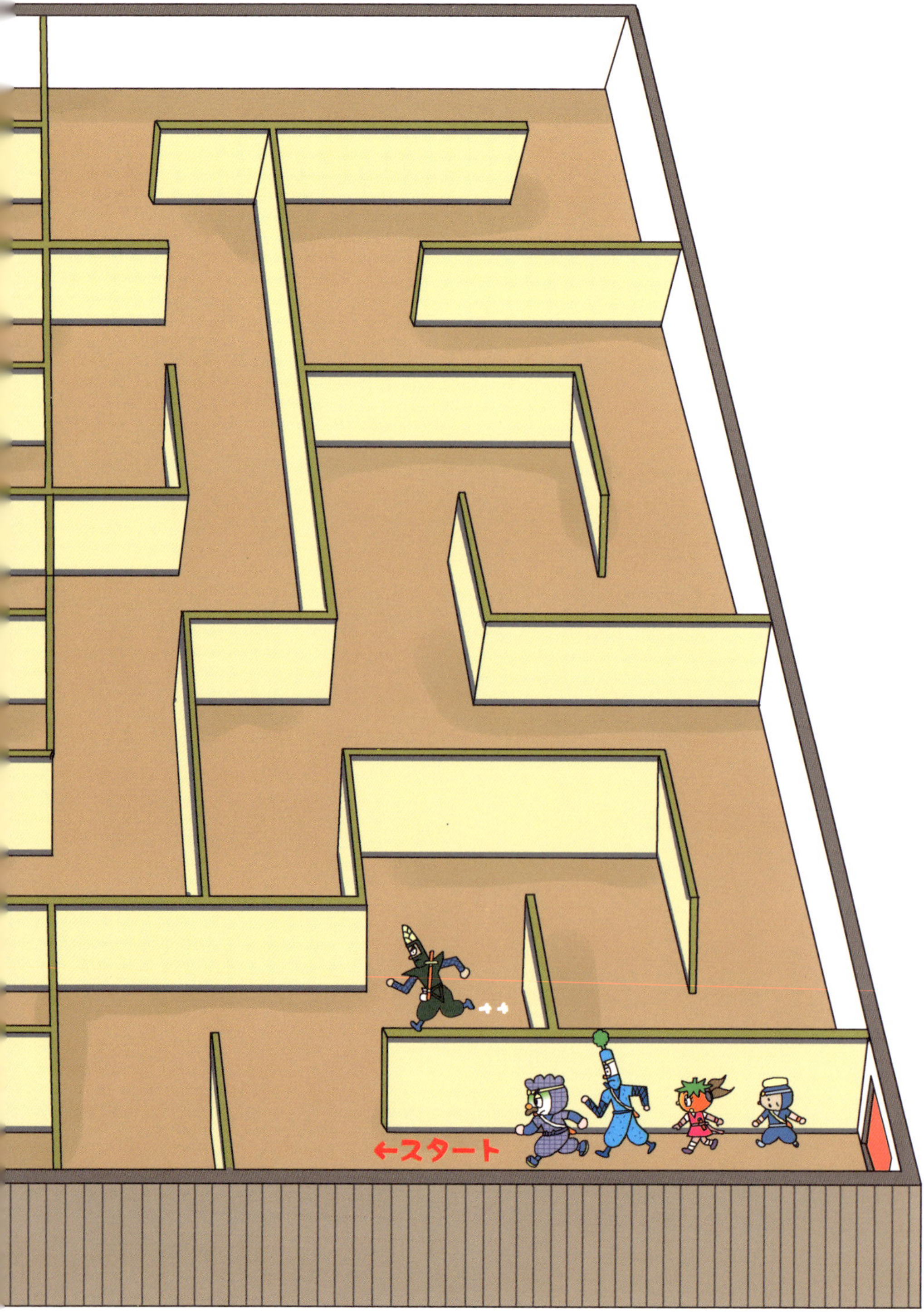
←スタート

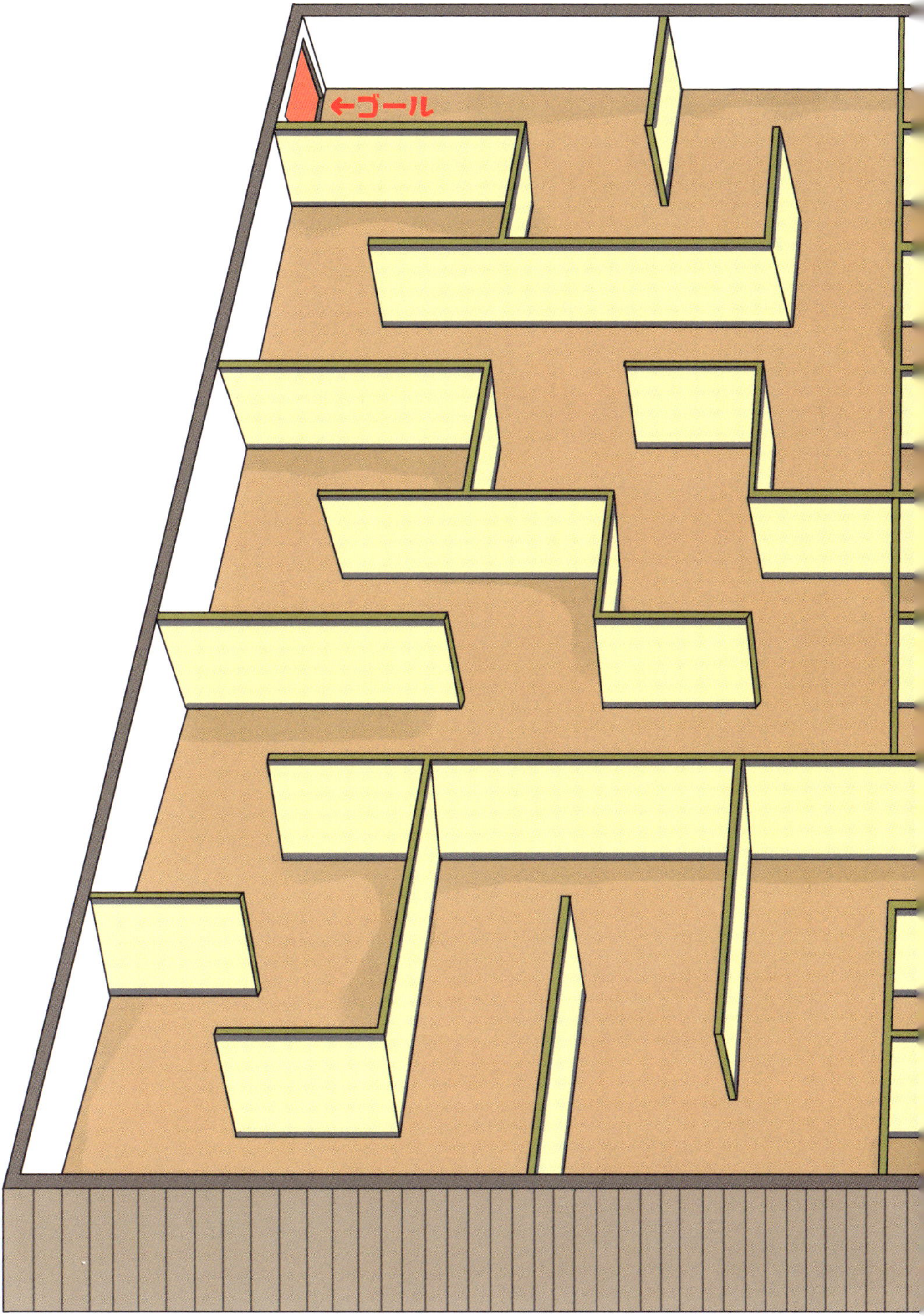
←ゴール

そうやって、十分《ぷん》ぐらいで　めいろを
通《とお》りぬけることが　できた。
「たすかった。みんな、きみの　おかげだ」
キャベたまたんていは、ゴスケの　手《て》を
にぎった。ほかの　みんなも　手《て》を
たたいた。
「いや、たいしたことじゃないでござる」
ゴスケは、てれくさそうに　わらった。

つぎは、左右《さゆう》が　かべで、正面《しょうめん》が　ふすまの
へやで、ふすまには、五羽《わ》の　カモの　絵《え》が
かいてある。ふすまを　あけて　つぎに
すすむと、そこも　まったく　同《おな》じ　へやだった。
その　つぎの　へやも、まったく　おんなじ。
「ちょっと、この　へや、前《まえ》の　へやより
せまくなってない？」
トマトちゃんが　首《くび》を　ひねった。

そう　いわれてみると、たしかに
てんじょうが　ひくく、かべも
せまってきているみたいだ。

その　つぎの　へやで、　はっきり　わかった。
こしを　かがめなければ　てんじょうに
つかえてしまうし、　体《からだ》を　ぴったり
くっつけあわなければ、かべに　ついてしまう。
まったく　同《おな》じ　へやなのに、
すすむに　つれて　せまくなっているのだ！
つぎの　へやでは、　りょう手《て》　りょうひざを
ついて　よつんばいになり、　その　つぎの

へやでは、とうとう
五人《にん》ともりょう手《て》
りょう足《あし》をのばして
はらばいになった。
てんじょうは頭《あたま》すれすれ、
左右《さゆう》のかべは、
五人《にん》がよこ一列《れつ》に
ならんでもぎちぎちだった。

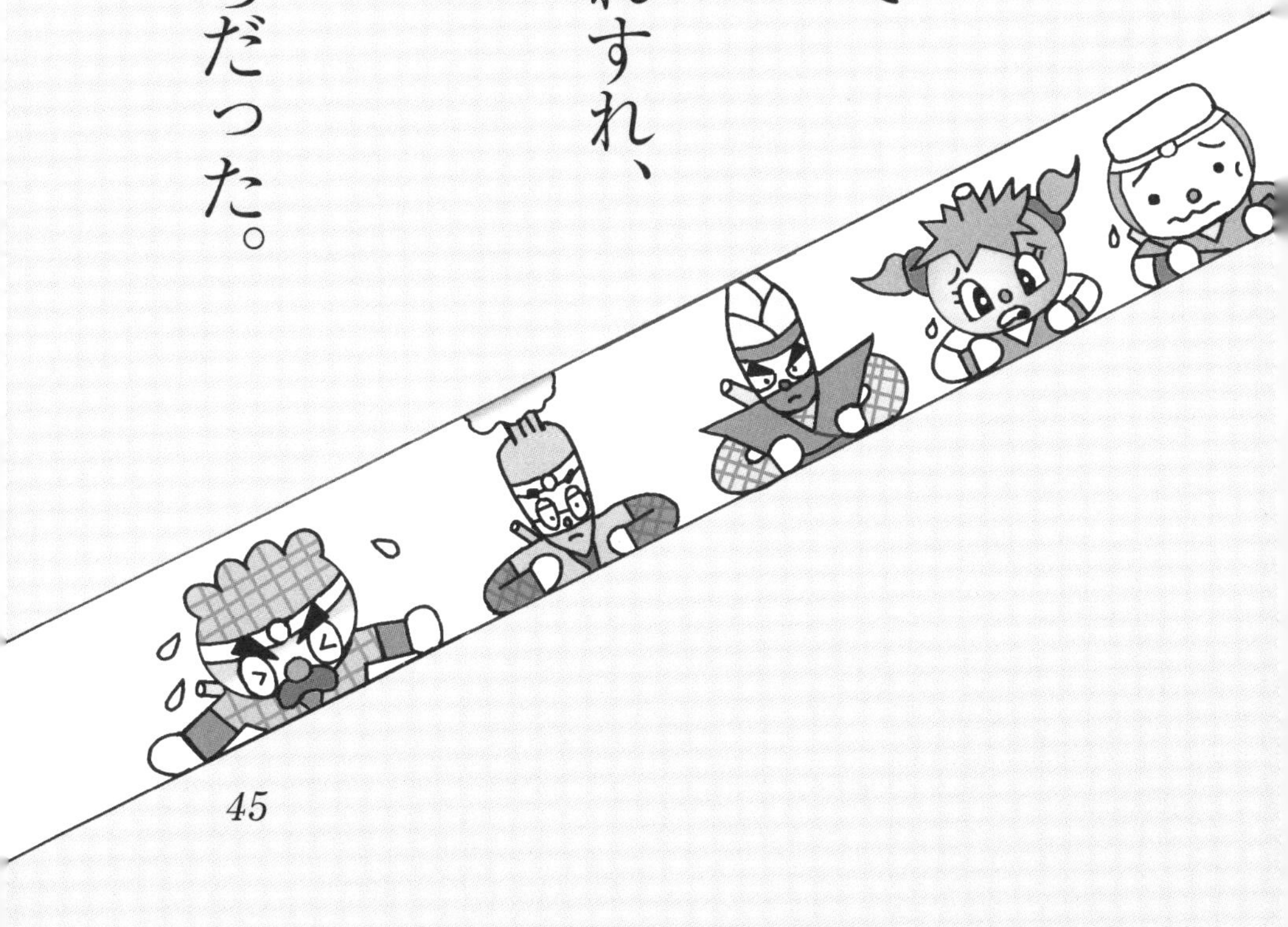

へやというより、細長《ほそなが》い　はこに
とじこめられたみたいで、前《まえ》にも　後《うし》ろにも
右《みぎ》にも　左《ひだり》にも　まったく　うごけない！

「うーむ。こんなの、はじめてでござる」

さすがの　ゴスケも、よわった　顔《かお》。

「そうか！」

キャベたまたんていが、いきなり　さけんだ。

「ふすまの　カモの　絵《え》は、これまで　みんな

右《みぎ》を　むいていた。でも、この　へやでは、
まん中《なか》の　一羽《わ》が　左《ひだり》を　むいている。これが
カギに　ちがいない。よし、やってみよう」

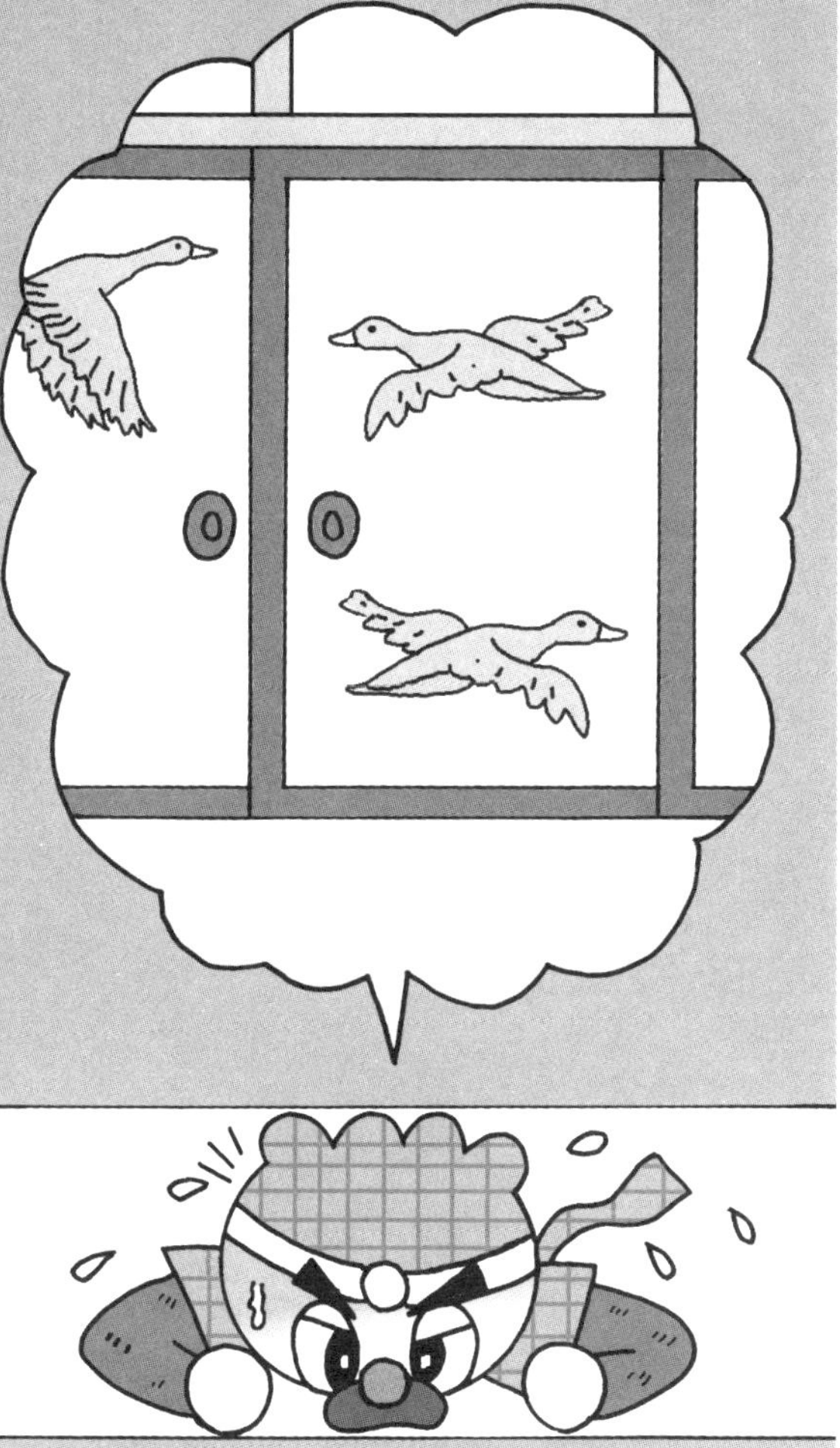

キャベたまたんていは、うでを　のばして、
まん中《なか》の　カモに　ペタンと　手《て》を　ついた。
その　とたん、ゆかが　ぱっと　ふたつに
われて、五人《にん》は　ドスンと　ゆか下《した》に
おちてしまった。さいわい、そんなに
ふかくは　なかったので、けがは　なかった。
けれど、あたりは　まっくら。
「おぬしも　なかなか　やるな。せっしゃ、

くらやみでも　目《め》が　見《み》えるでござる。
せっしゃに　ついてくるでござる」
ゴスケが　いった。

そこで、ゴスケの　かたを
トマトちゃんが、トマトちゃんの
かたを　じゃがバタくんが、
じゃがバタくんの　かたを
ダイコンけいぶが、
ダイコンけいぶの　かたを
キャベたまたんていが　つかんで、
イモムシみたいに　歩《ある》きだした。

ゆか下《した》も　めいろに
なっていたが、ゴスケに
ついて　右《みぎ》に　行《い》ったり　左《ひだり》に
まがったりしているうちに、
やがて　つきあたりが
明《あか》るくなってきた。そこは
かいだんで、のぼりきると、
広《ひろ》い　いたの間《ま》に　出《で》た。

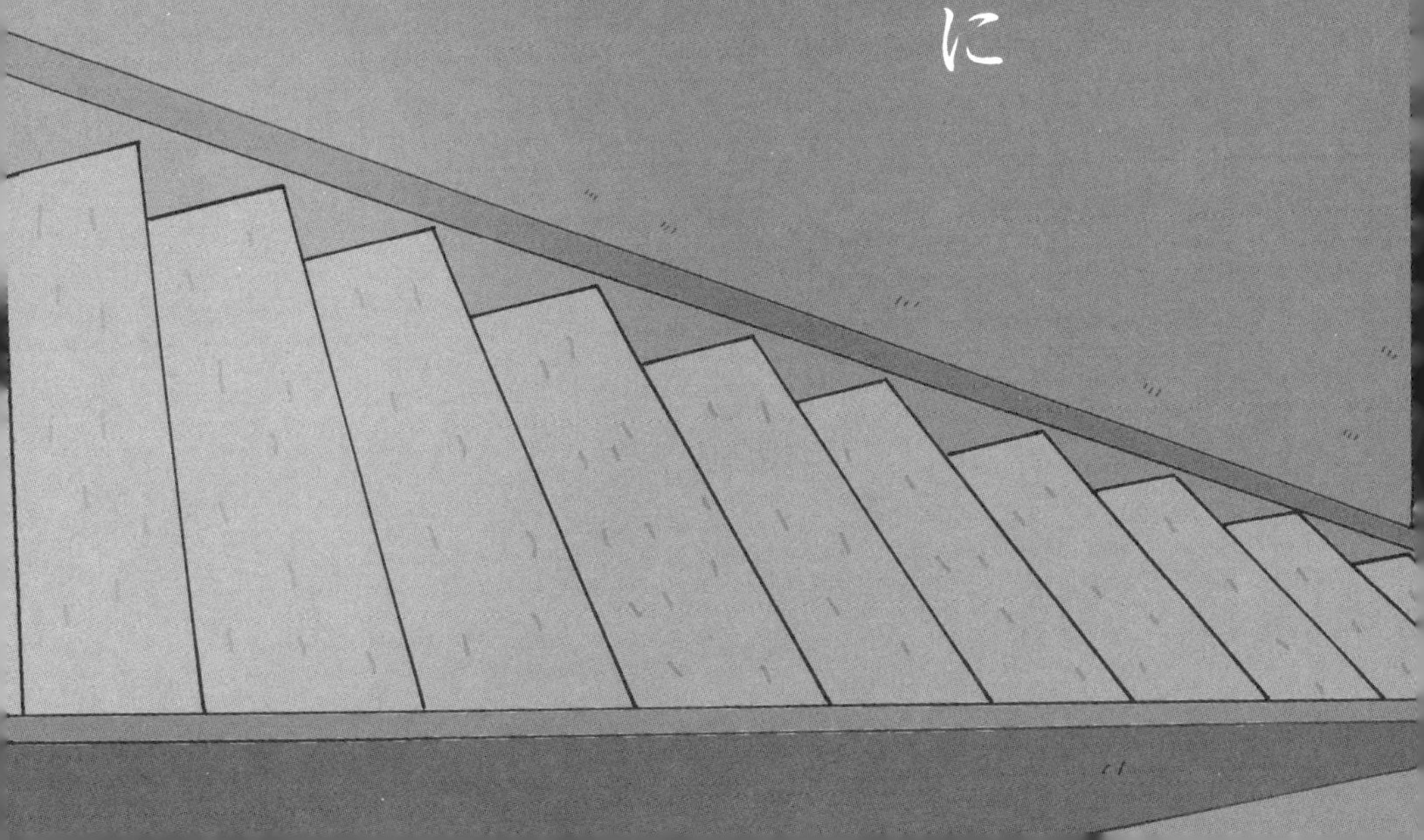

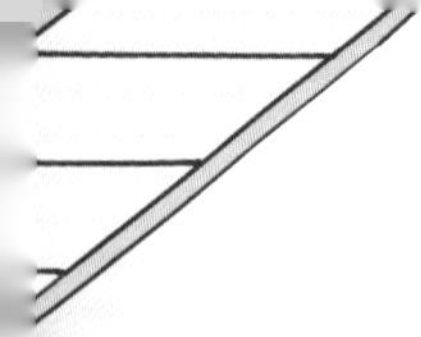

「なによ、これ！」

「もう、だめだあ！」

「くそっ、なんてこった！」

「そろそろ　時間《じかん》切《ぎ》れに　なるぞ！」

四人《にん》は、いっせいに　さけんだ。

いたの間《ま》は、スキー場《じょう》みたいに、
きゅうな　しゃめんに　なっていたのだ。

のぼりきったところに、出口《でぐち》が　ある。

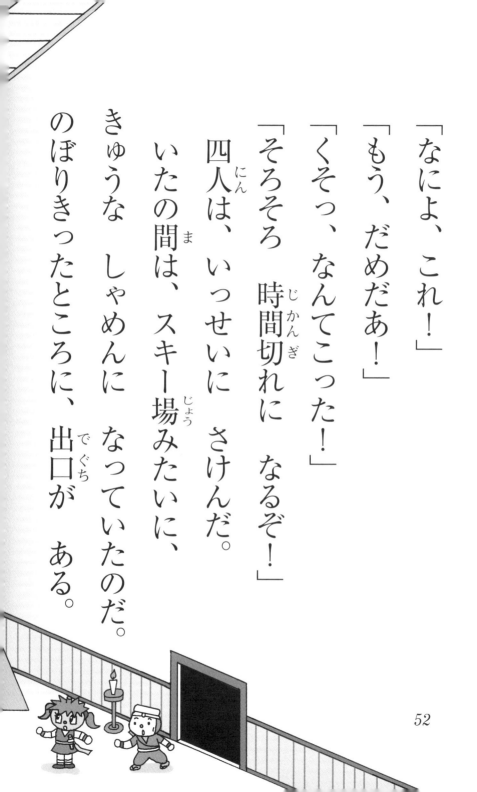

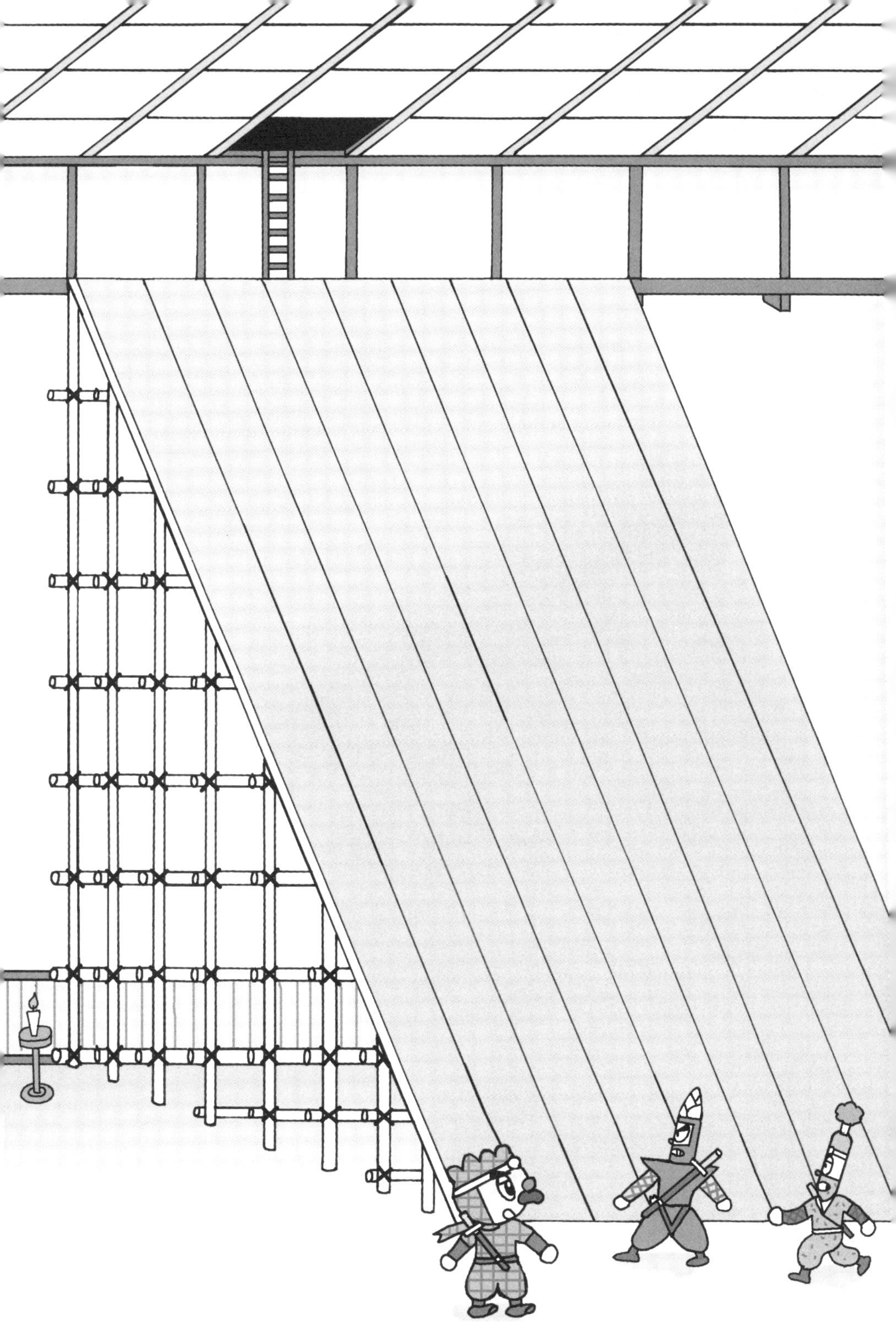

けれど、いたの間《ま》は　つるつるで、手《て》を
かけるものも　ないから、とても
そこまでは　のぼれそうに　ない。
「あきらめるのは、早《はや》いでござる」
ゴスケが、ふところから　細《ほそ》い　なわを
ずるずると　引《ひ》っぱりだした。おなかに
まいていたらしい。なわの先《さき》には、
するどく　とがった　かぎづめの

ようなものが　ついている。
ゴスケは、なわを
ぐるぐる　ふりまわし、
いきおいを　つけて
さっと　てんじょうに
むかって　なげた。
かぎづめが、ぐさっと　出口《でぐち》の
そばに　つきささった。

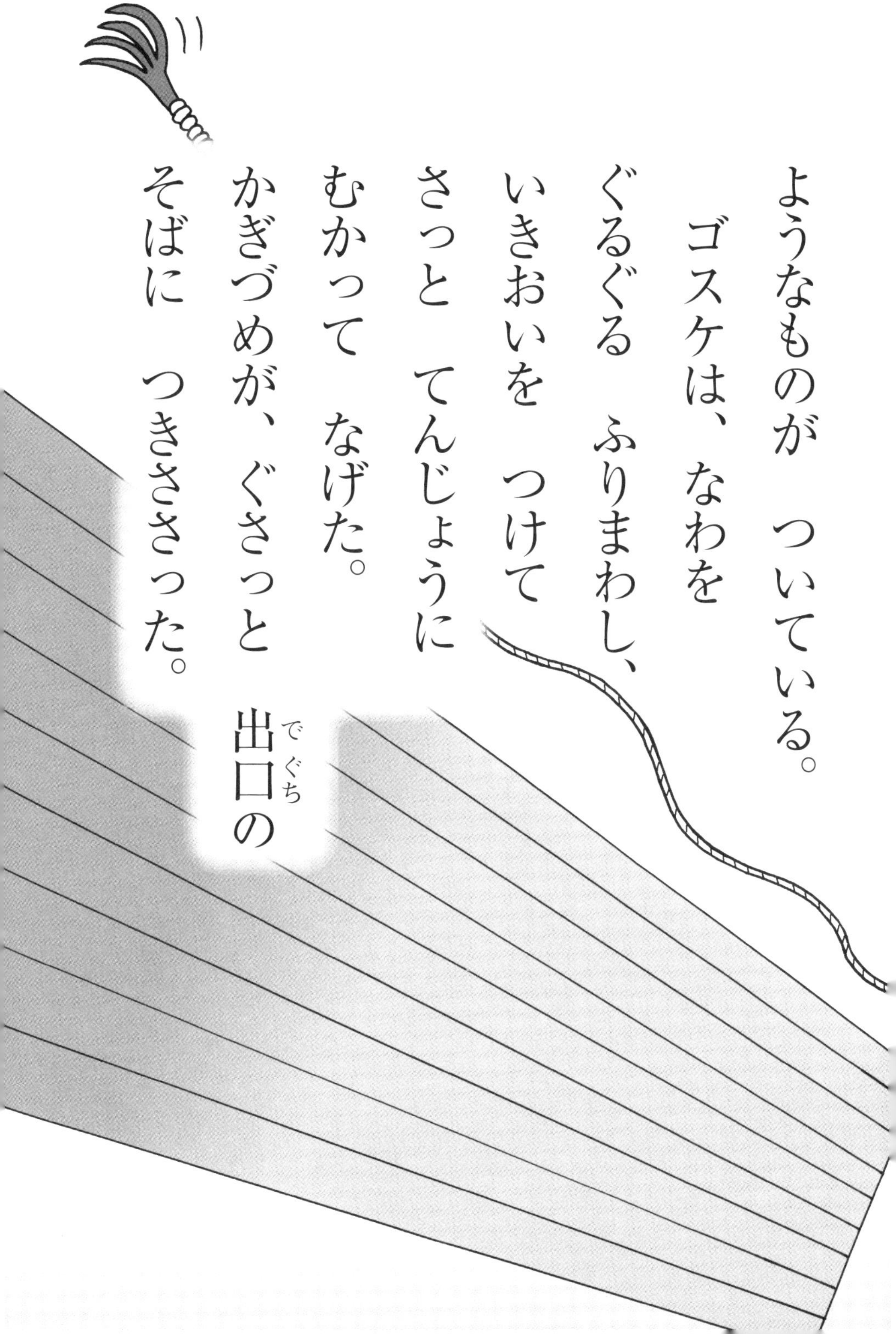

なわを　ぐいっと　引《ひ》っぱって、かぎづめが
ぬけないのを　たしかめると、ゴスケは、
なわを　つたいながら、本物《ほんもの》の
にんじゃのように、すいすいと　いたの間《ま》を

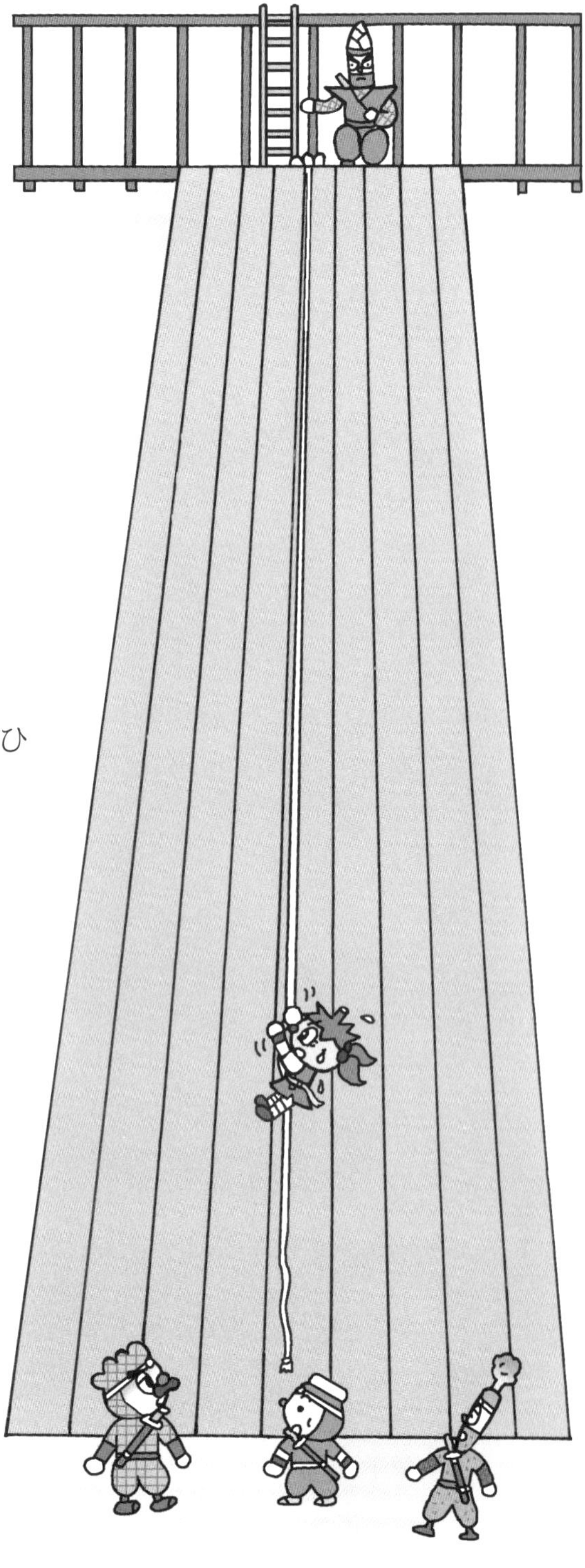

のぼっていき、　あっという間《ま》に　出口《でぐち》に
たどりついた。
「せっしゃの　まねを　して、のぼるでござる」
ゴスケに　うながされて、　まず、
トマトちゃんが　のぼった。　つづいて
じゃがバタくん。　ダイコンけいぶも、
とちゅうで　なんどか　すべりおちそうに
なったが、　なんとか　のぼりおえた。

キャベたまたんていは、
なんど　やっても
うまくいかないので、
しかたなく、おなかに　なわを
まきつけて、上《うえ》から
みんなに
引《ひ》っぱりあげて
もらった。

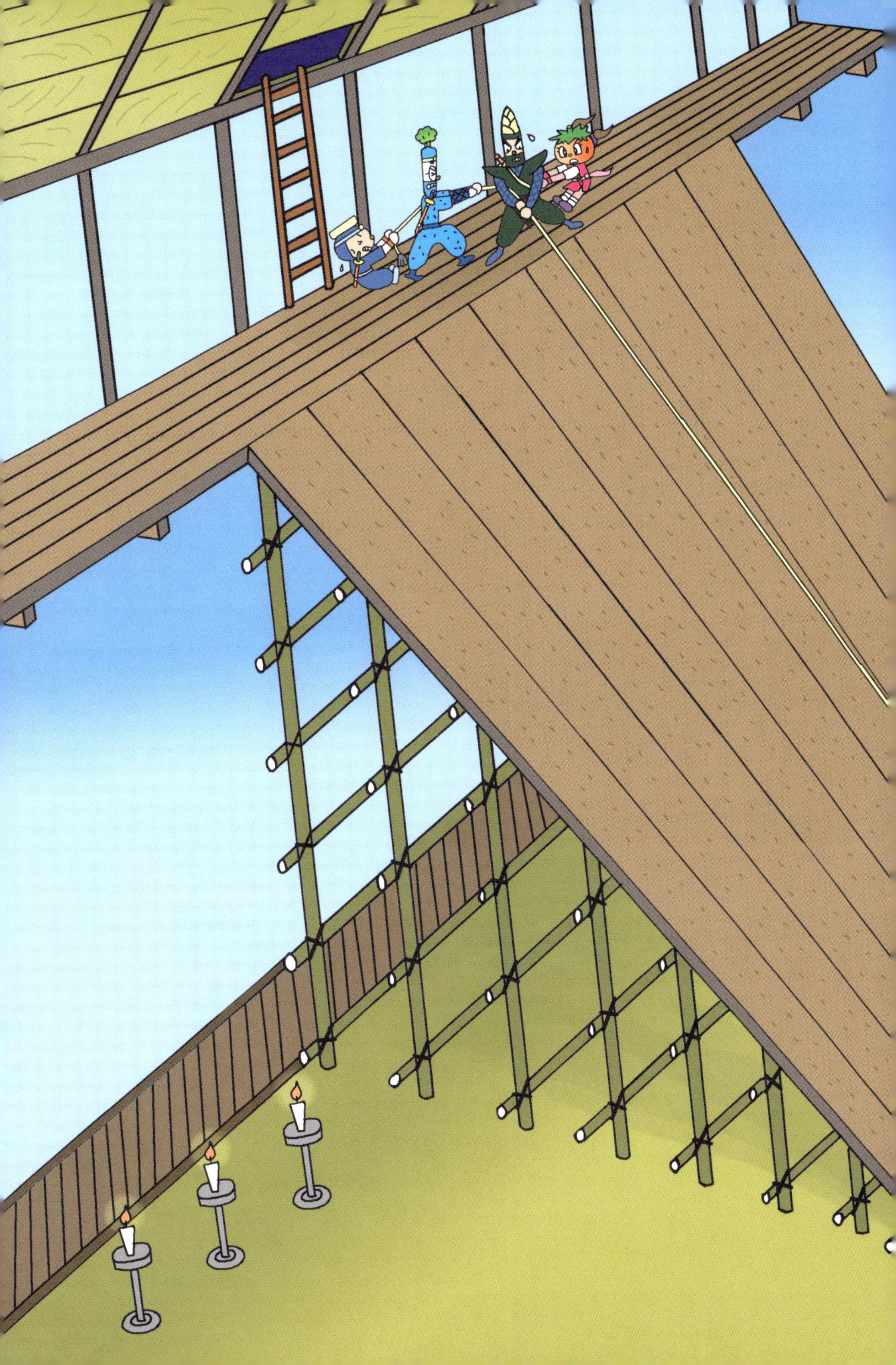

それから　五人《にん》は、
うすぐらい
てんじょううらを
すすんでいった。
しばらく　行《い》くと、
大《おお》きな　あなが
あいているところに出《で》た。
のぞいてみると、目《め》の下《した》に、

金《きん》の　ガマガエルが
見《み》えた！
「ここだ！」
五人《にん》は、
ゴスケを　先頭《せんとう》に、
なわを　つたって、金《きん》の
ガマガエルが　おいてある
へやに　おりたった。

金《きん》の　ガマガエルは、金《きん》の　まきものを
くわえて、へやの　まん中《なか》に　ある
台《だい》に　のっていた。へやじゅうが、
金色《きんいろ》に　かがやいていた。

「やったあ！」
「やったわね！」
かん声《せい》を　あげて　かけよろうと　する、
じゃがバタくんと　トマトちゃんを
おしのけて、ゴスケが　前《まえ》に　出《で》た。
「やっと、見《み》つけたぞ」
ゴスケは、うれしそうに
つぶやきながら、台《だい》に

歩《あゆ》みより、金《きん》の
ガマガエルに
手《て》を　のばした。

そのとたん、台《だい》の　まわりの　ゆかが、
はば　二メートルばかり　丸《まる》く
切《き》りとられたように　なって
ストンと　おちてしまった。後《あと》には
台《だい》だけが、黒《くろ》ぐろと　した　ドーナツ形《がた》の
あなの　まん中《なか》に　のこっているばかり。
ゴスケの　すがたは　どこにも　ない。
「おとしあなだ！　気《き》をつけろ」

ダイコンけいぶが、みんなを　下《さ》がらせた。

「そうか、そういうことだったのか！」

キャベたまたんていが、さけんだ。

「金《きん》の　ガマガエルが　ある　台《だい》に
近《ちか》づくと、おとしあなに　はまるんだ。

だから、これまで　だれも　金《きん》の
ガマガエルを　とれなかったんだ！」

「その　とおり」

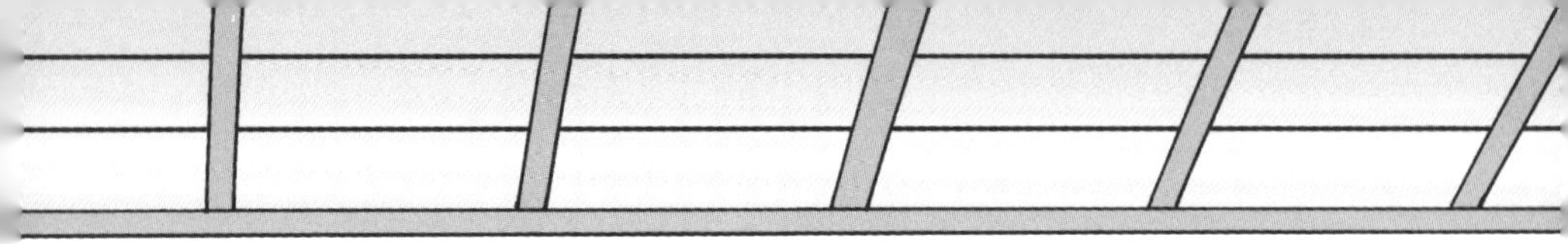

太《ふと》い　声《こえ》が　して、
むかいがわの　ふすまを
あけて　だれか
出《で》てきた。テレビに
よく　出《で》ている、社長《しゃちょう》の
クモガクレサイゾウだ。
「ガマガエルの　台《だい》の　二メートルいないに
近《ちか》づくと、おとしあなの　スイッチが

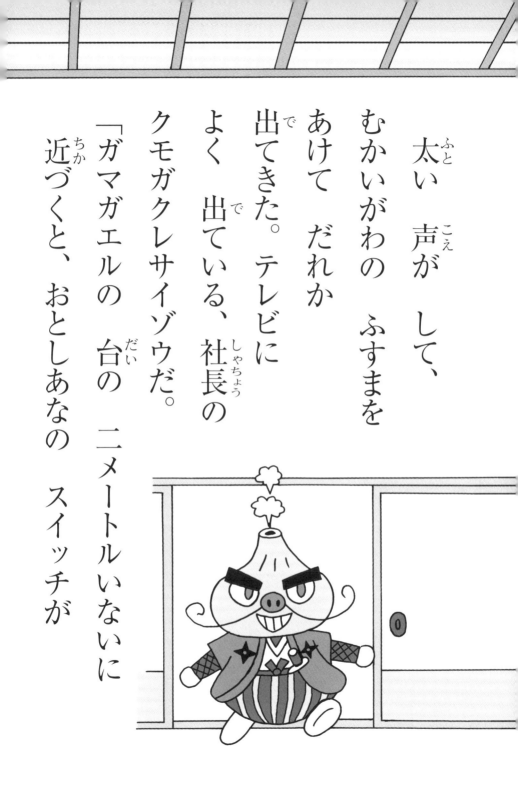

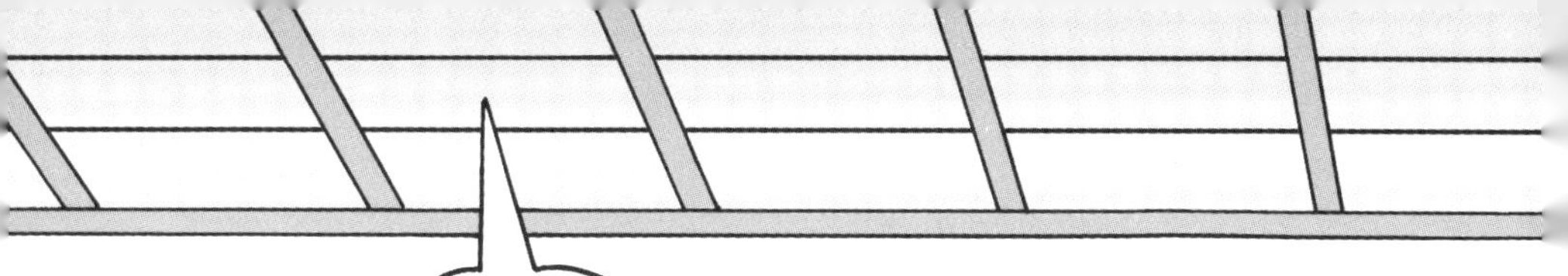

入《はい》って、そのまま　出口《でぐち》まで　トンネルを
すべっていくように　なっている。
そこで　みんな、しっぱいりょうを
はらうのさ。さあ、あんたたちも、
しっぱいりょうを　はらってもらおうか」
「まだ、しっぱいは　してないから、
その　ひつようは、ないでござる」
そのとき、上《うえ》のほうから

ゴスケの　声《こえ》が
ふってきた。見《み》ると、
てんじょうから
たれさがっている　なわに

つかまっていた。
おとしあなに　おちる　しゅんかん、ひょいと
とびあがって、　なわを　つかんだのだ。
「金《きん》の　ガマガエルは、　せっしゃが　もらう」

「そうは　いかん。あれが　ないと、
しっぱいりょうで　もうけることが
できないからな」
クモガクレサイゾウは、ふところから
しゅりけんを　とりだすと、
大《おお》きく　ふりかぶった。
「その　なわを
切《き》ってやる！」

「やめろ！」
　キャベたまたんていが、さっと　ずきんを
ぬぐと、頭《あたま》の　はっぱを　一まい、べりっと
ちぎって、クモガクレサイゾウ　めがけて
なげつけた。はっぱは、しゅりけんを
なげようとした　クモガクレサイゾウの
顔《かお》に　べたっと　はりついた。
「あっ、くそっ、わあっ」

しゅりけんは
とんでもない　方向《ほうこう》に
それ、クモガクレサイゾウは、
なげた　いきおいで　前《まえ》のめりに
よろよろっと　よろめいたかと　思《おも》うと、
頭《あたま》から　おとしあなに　おちこんでしまった。
「たすかったでござる」
すすっと　なわを　おりてきた　ゴスケは、

金《きん》の　ガマガエルを　つかむと、
「わけあって、これは　せっしゃが
もらっていくでござる。では、ごめん」
ぴょこんと　頭《あたま》を　下《さ》げて、また　すすっと
なわを　のぼっていき、てんじょうの　あなに
ひょいと　もぐりこんで、
あっという間《ま》に
すがたを　けしてしまった。

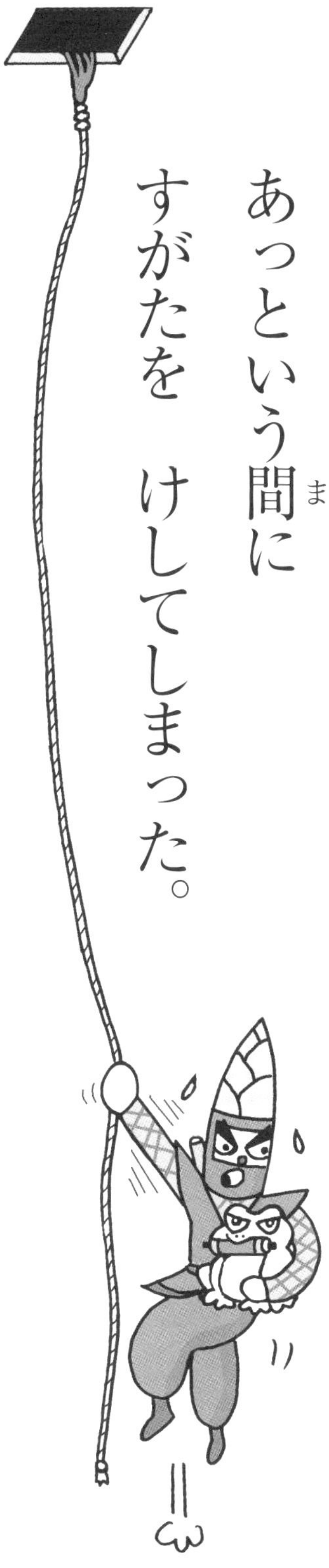

キャベたまたんていも　ダイコンけいぶも
トマトちゃんも　じゃがバタくんも、あっけに
とられて、ただ　見《み》おくるばかりだった。

さて、それから　五日後《いつかご》のこと。
キャベたまたんていじむしょに、
サルトビゴジュロウという　人《ひと》から、
手紙《てがみ》が　とどいた。お見《み》せしたいものが
あるので、やしきに　おいでくださいと
書《か》いてある。住所《じゅうしょ》は、〈クモガクレからくり
にんじゃやしき〉と　同《おな》じところだ。
「サルトビゴスケと　かんけいの　ある

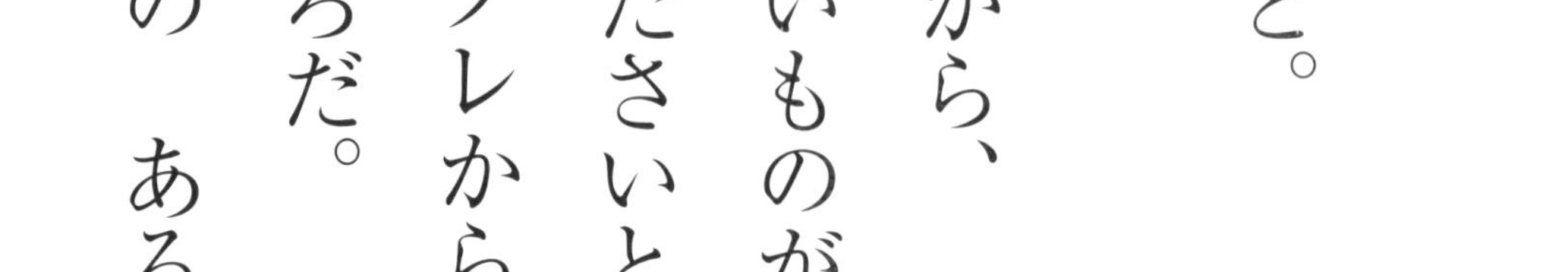

人《ひと》かもしれないな」
そう 思《おも》った キャベたまたんていは、
みんなで 行《い》ってみることに した。
来《き》てみて、みんな びっくりした。
〈クモガクレからくり
にんじゃやしき〉の
あったところが、りっぱな
おやしきに かわっていたのだ。

「ようこそ、おいでくださいました」
サルトビゴジュウロウさんが、
出《で》むかえてくれて、広間《ひろま》に
あんないしてくれた。
広間《ひろま》の　テーブルを　見《み》て、みんな、
もう　一ど　びっくり。サルトビゴスケが
もっていった　金《きん》の　ガマガエルが
おいてあったのだ！

「さいきん、わたしの　ごせんぞさまが
書《か》いたものが　見《み》つかりまして、そこに
あなたがたのことが　記《しる》されていました」
そう　いって、ゴジュウロウさんが、
話《はな》しはじめた。
「むかし、モモヤマの　里《さと》に、サルトビと
クモガクレという　にんじゃの
家《いえ》が　ありました……」

ふたつの　家《いえ》は　どちらも　びんぼうだった。
けれど、あるとき、サルトビ家《け》が　幸運《こううん》を
招《まね》きよせる　金《きん》の　ガマガエルを　手《て》に入《い》れた。
それからというもの、サルトビ家《け》には
運《うん》が　めぐってきて、金持《かねも》ちに　なった。
これを　ねたんだ
クモガクレ家《け》は、金《きん》の
ガマガエルを　ぬすんでしまった。

すると、クモガクレ家《け》に　運《うん》が　むいてきて
金《かね》もちになり、ぎゃくに　サルトビ家《け》は
びんぼうに　なってしまった。
「そこで、ごせんぞの　サルトビゴスケが、
金《きん》の　ガマガエルを　とりもどそうと、
クモガクレ家《け》に　しのびこんだのです……」
けれど、ゴスケは　見《み》つかってしまい、
おいかけられた。なんとか　山《やま》の中《なか》の

ほらあなに　にげこんだが、ほらあなを
通《とお》りぬけると、目《め》の前《まえ》に〈クモガクレ
からくりにんじゃやしき〉が　広《ひろ》がっていた。

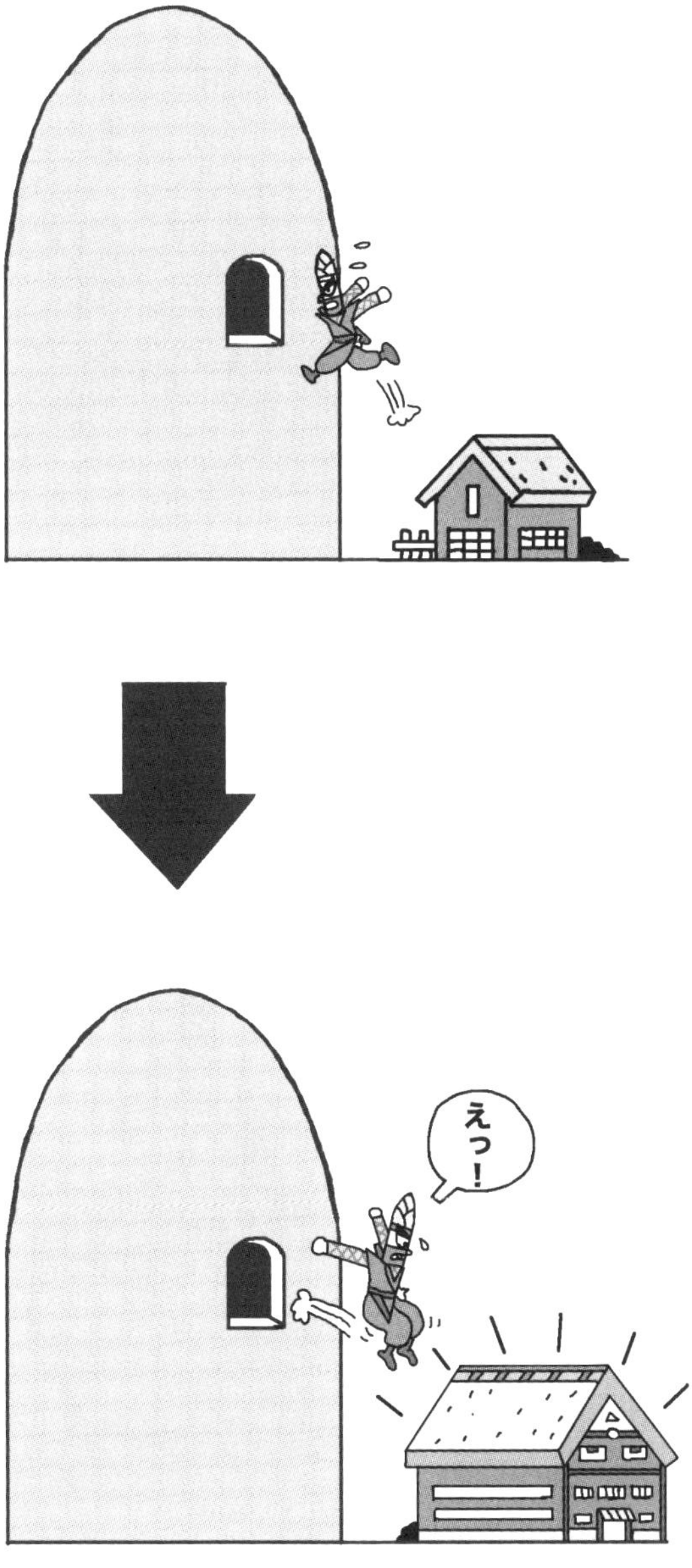

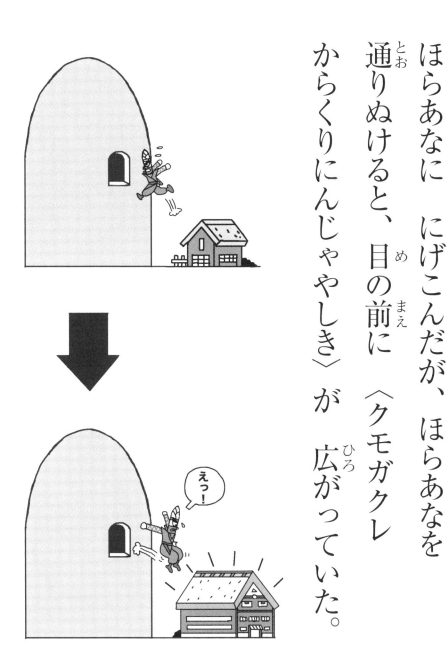

おどろいて、いろいろ
しらべてみると、そこは　五百年後《ひゃくねんご》の
世界《せかい》で、クモガクレ家《け》の　しそんの
クモガクレサイゾウが、金《きん》の　ガマガエルで
大《おお》もうけしていることが　わかった。
ゴスケは、からくりやしきに　しのびこんで、
金《きん》の　ガマガエルを　とりもどそうとしたが、
けいかいが　きびしくて、うまくいかなかった。

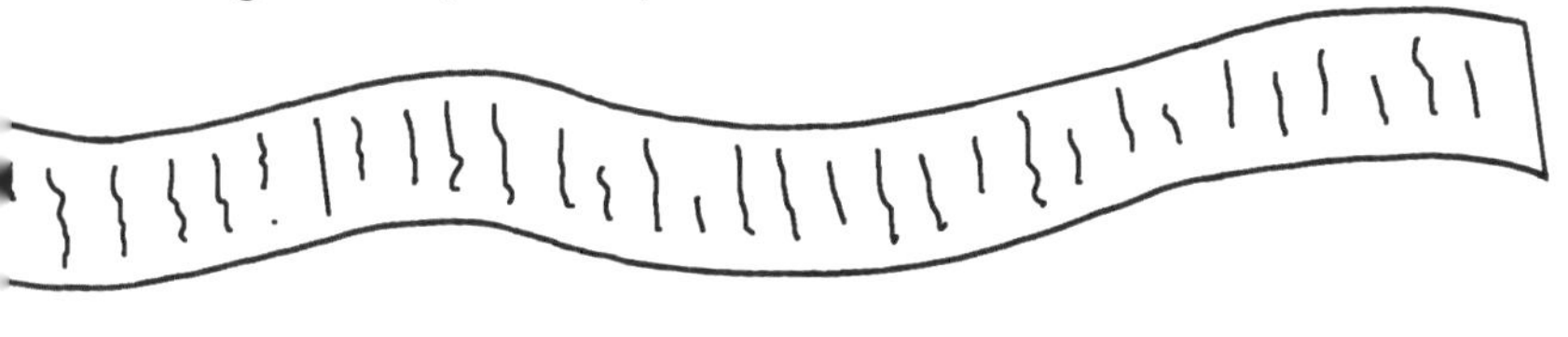

そこで、表《おもて》から　入場《にゅうじょう》して、　しかけを
くぐりぬけ、ガマガエルを
もらっていくことに　した。　こうして、
キャベたまたんていたちの　きょう力《りょく》で、
しゅびよく　金《きん》の　ガマガエルを
とりもどした　ゴスケは、　ほらあなから
元《もと》の　世界《せかい》に　もどった。　そして、そのことを
しそんのために　書《か》きのこしたのだ。

「サルトビゴスケは、本物《ほんもの》の　にんじゃ
だったのか。だから、にんじゃやしきの
からくりのことを、よく知《し》ってたんだな」
ダイコンけいぶが　いった。
「でも、どうして〈クモガクレ
からくりにんじゃやしき〉が
なくなって、こんな　りっぱな
おやしきに　なっちゃったんだろう」

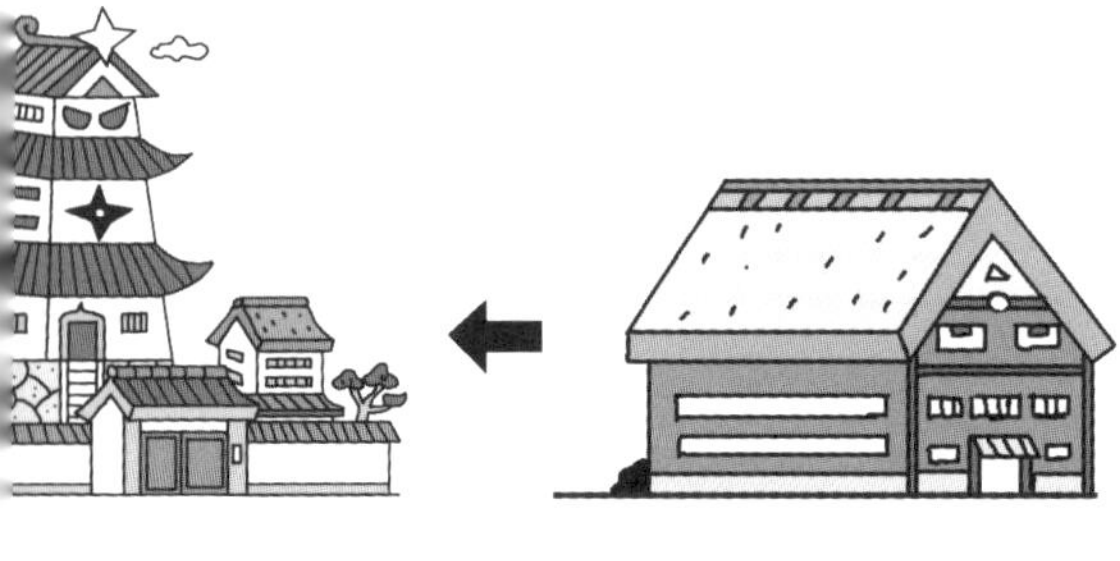

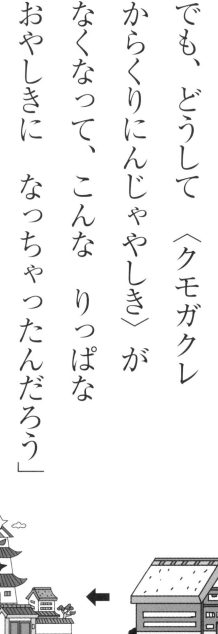

じゃがバタくんが、首《くび》を　かしげた。
「金《きん》の　ガマガエルが　もどったので、また
サルトビ家《け》が　ゆたかに　なり、
クモガクレ家《け》が　おちぶれたからだよ。
五百年後《ひゃくねんご》、つまり　今《いま》の　クモガクレ家《け》の
しそんには、からくりにんじゃやしきを
つくれるだけの　お金《かね》が　ないのさ」
キャベたまたんていが、いった。

「その　とおりです」
ゴジュウロウさんが　うなずいた。
「もう　ひとつ、あなたがたに
お見《み》せしたいものが　あります。
おーい、あれを　もってこい！」
すると、広間《ひろま》の　ドアが　あき、
ぬのを　かぶせた　おぼんを　ささげて、
だれか　入《はい》ってきた。

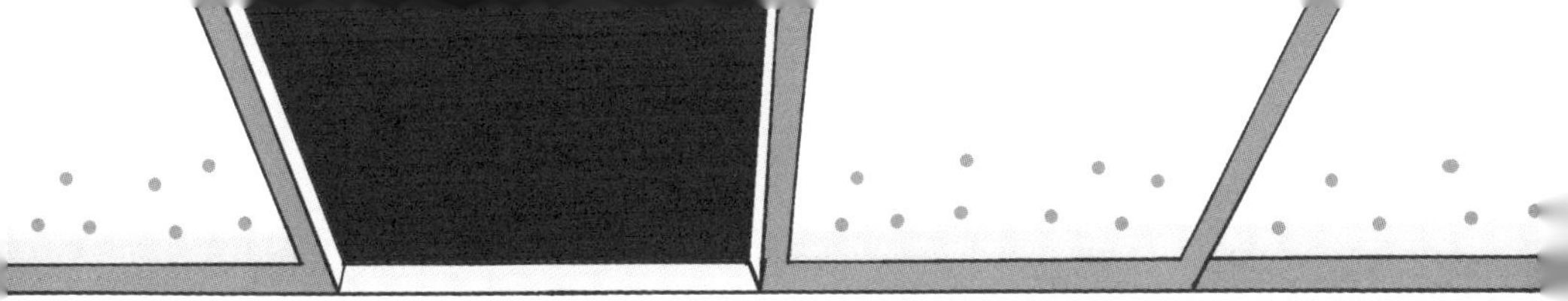

その 顔《かお》を 見《み》て、 みんな、 あっと
おどろいた。 なんと それは、 クモガクレ
サイゾウだった。 どうやら、 おちぶれて、
サルトビ家《け》の 使用人《しようにん》に なっているようだ。

「これは、ごせんぞの　サルトビゴスケが
つくらせて、金《きん》の　ガマガエルとともに、
サルトビ家《け》の　たからものとして、
いつまでも　だいじに　するようにと、
いいのこしたものです」
ゴジュウロウさんが、
さっと　ぬのを　とった。
その　とたん、金色《きんいろ》の　光《ひかり》が　ぱあっと

あたりに　きらめいた。キャベたまたんていも
ダイコンけいぶも、トマトちゃんも
じゃがバタくんも、
おどろきのあまり、
口《くち》を　ぽかんと　あけた。
それは、金《きん》で　できた
一まいの　キャベツの
はっぱだった。

にんじゃの ふくそう

にんじゃは、夜《よる》、しのびこむときには
「しのびしょうぞく」といって、めだたない　くらい
色《いろ》の　服《ふく》を　きた。

見《み》た目《め》には　わからないが、服《ふく》の
いろんな　ところに　ものいれ（ポケット）が
かくされているんじゃ。

作・三田村信行(みたむら のぶゆき)
1939年、東京に生まれる。主な作品に「キャベたまたんてい」シリーズ(金の星社)「めいたんていポアロン」シリーズ(講談社)「キツネのかぎや」シリーズ(あかね書房)「三国志」(全5巻)「源平盛衰記」(全3巻)「新編弓張月」(全2巻)「風の陰陽師」(全4巻)(いずれもポプラ社)『おとうさんがいっぱい』(理論社)などがある。

絵・宮本えつよし(みやもと えつよし)
1954年、大阪に生まれる。グラフィックデザイナーを経て、絵本作家となる。現在は絵本講座の講師もつとめる。主な作品に「キャベたまたんてい」シリーズ(金の星社)「おばけずかん」シリーズ(講談社)「はじめてのずかん英語つき」シリーズ(文溪堂)『ぼくのでんしゃ でんしゃ!』『レンタルおばけのレストラン』(教育画劇)などがある。

●ブック・デザイン/DOMDOM

キャベたまたんていシリーズ
キャベたまたんてい　からくりにんじゃやしきのなぞ

発行	初版/2016年6月
作	三田村信行
絵	宮本えつよし
製版・印刷	広研印刷㈱
製本	東京美術紙工
発行所	㈱金の星社

〒111-0056　東京都台東区小島1-4-3
☎03-3861-1861㈹　Fax 03-3861-1507　振替00100-0-64678
ホームページ　http://www.kinnohoshi.co.jp

95P　22cm　NDC913　ISBN978-4-323-02036-5

キャベたまたんていと なかまたちが かつやくする 大人気シリーズ

キャベたまたんていシリーズ

三田村信行・作　宮本えつよし・絵

●A5判／95ページ／小学校1・2年生向き

なぞの ゆうかいじけん

キャベたまたんていが、げんばにおちていたきいろいこなのなぞをおう！

空とぶハンバーガーじけん

空とぶハンバーガーをおいかけていくと、へんてこなたてものが！

ぎょうれつラーメンのひみつ

ラーメンがおいしいとうわさの店が、なぜかとつぜんぼろぼろに!?

しにがみのショートケーキ

人気のケーキ屋さんが、ケーキをうらなくなったそのわけは……？

びっくりかいてんずし

カボチャはかせがゆうかいされた！　はかせはいったいどこに!?

かいとうセロリとうじょう

へんそうの名人、かいとうセロリが、世界一のダイヤをねらってる!?

ピラミッドのなぞ

へんそうの名人、かいとうセロリからおうごんのマスクをまもれ！

100おく円のたからさがし

ごうか客船のたからさがしゲームに、かいとうセロリあらわる！

ハラハラさばくの大レース

ハラハラさばくのカーレースで、つぎつぎとふしぎなことが……!?

きえたキャベたまひめのひみつ

タイムマシンでやってきたキャベたま城。ひめがきえたと大さわぎ！

タコヤキ オリンピック

タコヤキ星のタコヤキオリンピック。ゆうしょうはだれの手に!?

ほねほねきょうりゅうのなぞ

夜の町をはしりまわる、おそろしいかいぶつ。そのしょうたいは!?

ミステリーれっしゃをおえ！

いき先ふめいのミステリーれっしゃで、つぎつぎとじけんが……!?

ゆうれいかいぞくの地図

かいぞく船でおきたさつじんじけん。はんにんをさがせ！

きけんなドラゴンたいじ

村人からほうせきをうばうきけんなドラゴンをやっつけろ！

きょうふのおばけやしき

カボチャはかせのこわ～いおばけやしきで、じけんはっせい！

ちんぼつ船のひみつ

海にねむる、きょだいなちんぼつ船にかくされたひみつとは……!?

からくりにんじゃやしきのなぞ

にんじゃやしきのしかけをくぐりぬけて、ごうかしょうひんを手に入れよう！

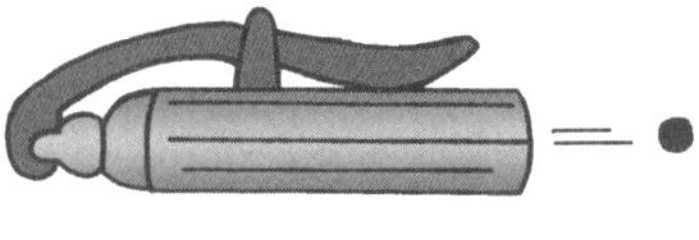

にぎりでっぽう

てのひらに　おさまる
大《おお》きさで、たまは　あまり
とおくまで　とばない。

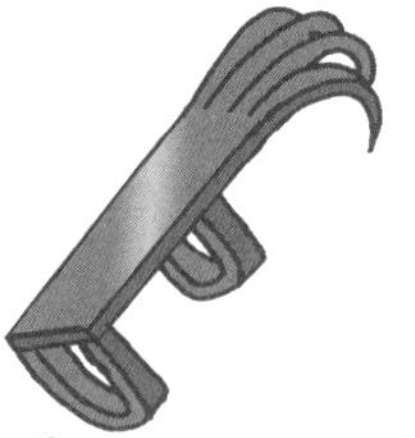

手《て》かぎ

てつで　できた
くまでのような
つめ。

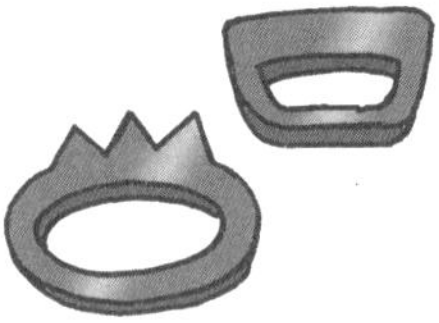

てっけん

わっかに
おやゆびいがいの
ゆびを　とおして
つかう。

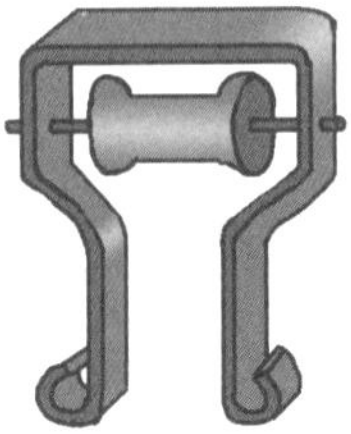

かっしゃ

谷《たに》を　わたるときに
つかう。

ほうろく火矢《ひや》

火《ひ》を　つけて、てきに
なげる。

目《め》つぶし

ふくろの中《なか》に
とうがらしなどが
入《はい》っていて、
てきに　なげる。

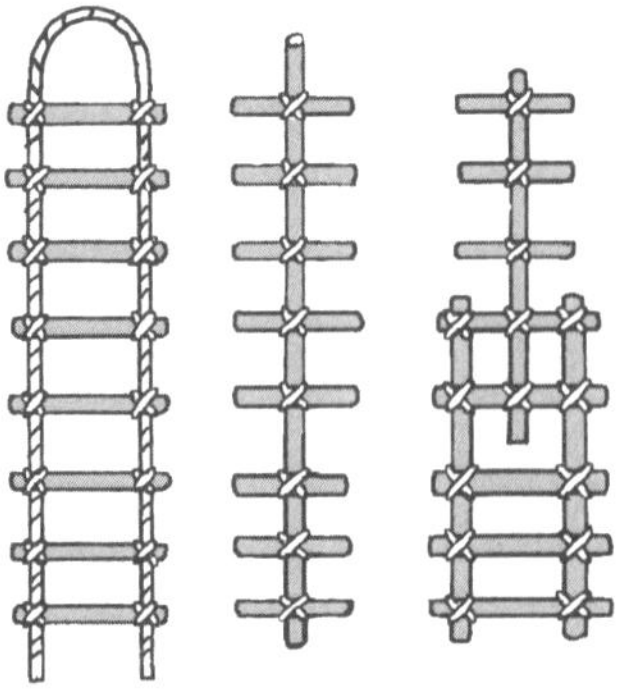

はしご

大人数《おおにんずう》で　しのびこむときや、
大《おお》きなものを
もちだすときなどに　べんり。

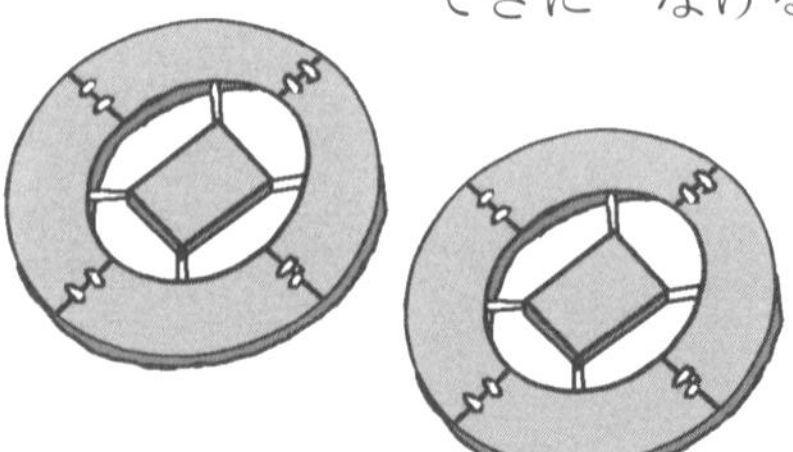

水《みず》ぐも

りょう足《あし》に　ひとつずつ　つけて
ほりや　川《かわ》などの　水上《すいじょう》を　わたる。